NOITA

Für meine Ehefrau Katrin

Patrick Zarske

NOITA

Die Welt hat Zähne.
Und mit denen beißt sie zu, wann immer sie will.
Stephen King

Bibliografische Information der Deutschen Nationalbibliothek:
Die Deutsche Nationalbibliothek verzeichnet diese
Publikation in der Deutschen Nationalbibliografie;
detaillierte bibliografische Daten sind im Internet
über http://dnb.dnb.de abrufbar.

Herstellung und Verlag: BoD – Books on Demand,
Norderstedt

ISBN: 9783746069203

Kapitel Eins

Gute alte Zeit

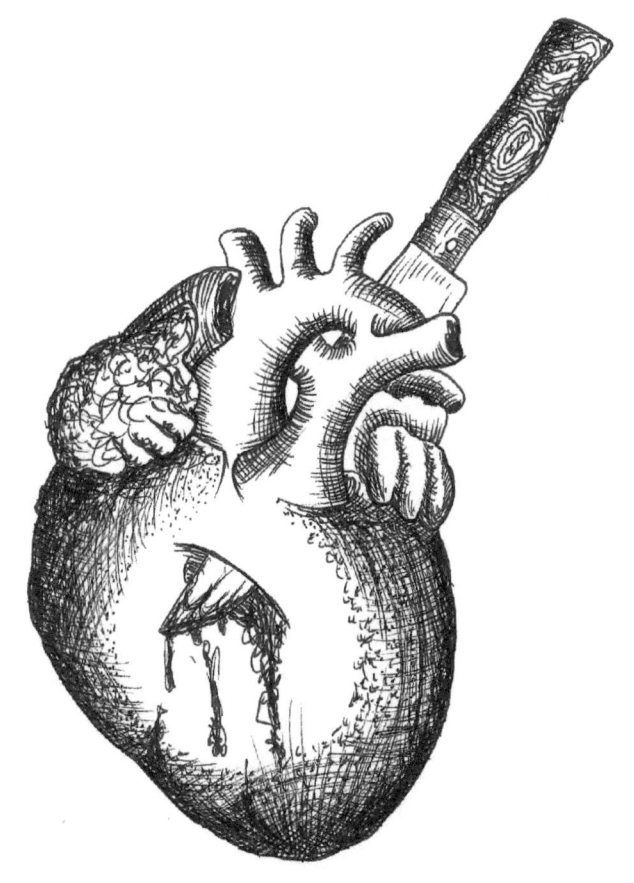

Die Geschichte, die ich Ihnen, lieber Leser, nun erzählen werde, klingt absurd. Sie werden, wenn Sie die letzten Zeilen gelesen haben, das Buch beiseitelegen. Sie werden hoffentlich einen Teil meines Schmerzes spüren, denn nur deshalb erzähle ich sie. Aber Sie werden sie als Geschichte abtun. Als etwas Erfundenes. Als ein Schauermärchen, wie die, die Sie noch aus Kindheitstagen kennen. Doch auch wenn ich mir nichts mehr wünsche, als dass die folgenden Seiten lediglich meinem Hirn entsprungen sind, so ist es doch so passiert. Das Leben ist voller Geschichten. Es gibt die Guten, die Schlechten, die Traurigen und die Lustigen. Wir alle lieben Geschichten. Schon als Kind haben wir sie vorgelesen bekommen, und wer selbst Kinder hat, liest sie ihnen hoffentlich ebenfalls vor. Ich habe das getan. Und ich habe es geliebt zu sehen, wie meine kleine Tochter mit ihrem rosafarbenen Schlafanzug und den weißen Söckchen neben mir saß und in die Welt der Kinderbücher eintauchte. Wie sie gespannt an meinen Lippen hing, während ich ihr die Abenteuer von Tim und Struppi vorlas. Ich dachte damals, wir haben noch alle Zeit der Welt.

Doch ich lag falsch.

Meine Tochter Wendy wurde am 7. November 1961 geboren. Der Moment, als ich sie das erste Mal sah, das erste Mal schreien hörte und in ihre Augen blicken durfte, war der schönste und intensivste meines bisherigen Lebens. Dieses Gefühl kann man nicht beschreiben. Man muss es einfach erlebt haben. Ich war gerade 23 Jahre alt und noch ganz grün hinter den Ohren. Meine Frau Maria, mit der ich nun schon seit sechs Jahren zusammen war und die ich vor einem Jahr geheiratet hatte, rundete mein Leben ab. Tagsüber arbeitete ich an meinem neuen Arbeitsplatz als Polsterer, am Abend renovierte ich das Haus, das wir jüngst gekauft hatten. Es hatte lediglich vier Zimmer, war langweilig grau verputzt, hatte weiße Fenster und ein recht großes Stück Grün hinter dem Haus. Es war kein Traumhaus, doch es war unser Heim und ich war dabei, es so schön wie möglich zu gestalten.

Wir lebten in einer Kleinstadt namens Stone Castle. Es ist zwar nicht das romantischste Städtchen Schottlands, aber dennoch schön. Wir hatten einen Kindergarten, einen Supermarkt, in dem ich meine wöchentliche Ration Irn Bru bekam (ich liebe das Zeug noch heute), sowie kleine Cafés und Souveniershops, in die sich ab und an der ein oder andere Tourist verirrte. Am Sonntagmittag aßen wir oft in „Molly's Tea Room", einem herzlich eingerichteten Café, welches von Molly Brown mit viel Liebe geführt wurde. Dort gab es die besten Baked Potatoes der Stadt und der Kaffee war schwarzes Gold. Schon wenn man die rote alte Tür öffnete, kam einem der betörende Geruch von frisch gebackenen Kaffeebohnen und Speck entgegen. Molly war eine gute Seele und Wendy mochte sie. Es wurde zu einer Art Ritual, dass wir als Familie sonntags dort verkehrten. Und Wendy freute sich jedes Mal aufs Neue auf ihre heiße Schokolade mit Marshmallows. Aber welches Kind würde das nicht tun. Erst recht nicht, wenn sie von Molly zubereitet wurde.

Stone Castle war unser neues Zuhause, nachdem wir die letzten Jahre in einer kleinen, schimmligen Wohnung der schnelllebigen Großstadt Edinburgh lebten. Wir fanden rasch Anschluss und bauten uns ein eigenes kleines Netz aus guten Freunden auf. Wir Schotten, müssen Sie wissen, sind von Natur aus ein freundliches und aufgeschlossenes Volk, weshalb wir keine Berührungsängste haben und schnell Kontakte knüpfen.

Wenn ich nicht gerade arbeitete, setzte ich alles daran, ein perfekter Vater zu sein. Ich würde lügen, wenn ich sage, es wäre eine einfache Zeit gewesen. Nein, das war es nicht. Ein guter Freund sagte einst zu mir: „Wenn du ein Haus baust, dann schweißt dich das mit deiner Frau zusammen oder ihr entfernt euch voneinander." Maria und mich hat es näher zusammengebracht. Und das war gut so, denn sonst hätten wir die nachfolgenden Ereignisse nie zusammen durchgestanden.

Das erste Jahr war – wie bei jedem frisch gebackenen Vater – turbulent. Volle Windeln, harte Nächte und Rückenschmerzen vom Spielen auf dem Boden waren die Regel. Doch die Zeit verging wie im Flug und aus meinem kleinen Baby, das ich nach der Entbindung direkt an die Brust gelegt bekommen hatte, wurde eine kleine Prinzessin von vier Jahren. Und sie war mein Schatz. Mein Ein und Alles. Sie war der Grund, warum ich atmete. Jeden Tag bereicherte sie mit ihrer lustigen, liebevollen, aber auch willensstarken und trotzigen Art mein Leben. Ich versuchte, so viel Zeit wie möglich mit ihr zu verbringen. Jedes Bild, das sie malte, jedes Teil, das sie bastelte, brachte mich dazu, mit stolz geschwellter Brust entlang zu schreiten. Ja, ich war stolz! Ich habe sie mit jeder Faser meines Körpers geliebt und ich habe ihr schon im Mutterleib geschworen, dass ich ihr jeden Stein aus dem Weg räumen werde. Jede negative Energie abschirmen und nur das Positive an sie heranlassen werde. Klingt das für Sie naiv? Sicher tut es das. Aber bitte, gehen Sie nicht zu hart mit mir ins Gericht. Auch mit uns Männern gehen die Hormone durch und unsere Töchter sind nun einmal unsere Prinzessinnen. Wir tragen sie auf Händen und wünschen uns, dass dieser Zustand nie enden wird. Doch natürlich wissen wir auch, dass irgendwann der Zeitpunkt kommt, an dem wir sie abgeben müssen. An dem ein anderer Mann in ihr Leben tritt und wir sie vor dem Altar offiziell übergeben. Kennen Sie einen frisch gebackenen Vater? Fragen sie ihn, mit welchen Gefühlen er an diesen Moment denkt. Oder sind Sie selbst gerade in dieser Situation? Dann fragen Sie sich doch selbst.

Aber glauben Sie mir, jetzt – 42 Jahre später – wünsche ich mir so sehr, die Chance gehabt zu haben, meine Tochter zum Altar zu führen. Zu sehen, wie sie von einem Mann in den Arm genommen wird, der sie genauso liebt wie ich. Auf eine andere Art und Weise, aber mit genau so viel Herzblut. Nein, ich habe diese Chance nie bekommen. Der vierte Geburtstag meiner kleinen Wendy war der letzte, den wir gemeinsam erleben durften. Und somit wurde mir verwehrt zu sehen, wie sie groß wird. Wie sie von einem Kleinkind zu einem Kind, zu einer jungen Dame und schließlich zu einer Frau wird. Ich habe geschworen, sie vor jedem negativen Einfluss zu schützen, doch ich habe versagt. Ich wusste nicht, dass es Dinge gibt, die schlimmer sind als der Tod. Dinge, die so schrecklich sind, dass sie eigentlich nur in Märchenbüchern existieren. Und doch gibt es sie.

Die Straße hinab wohnte eine kleine Familie, die Bradies. Einst waren sie zu dritt, doch das Leben nahm auch ihnen das Kind. Ihr zweijähriger

Sohn Nathan war der Meinung, er müsse alleine mit den Fischen am Teich spielen. Sie vielleicht sogar anfassen. Mit ihnen sprechen. Er verlor das Gleichgewicht und fiel kopfüber ins Wasser. Sein Tod war erschütternd, die Eltern traumatisiert. Verstehen Sie mich nicht falsch, ich möchte dies nicht bagatellisieren. Aber die Bradies hatten die Möglichkeit, ihren Verlust zu verarbeiten. Denn es handelte sich um einen rationalen Verlust. Er war erklärbar. Der Junge konnte nicht schwimmen, die Lungen füllten sich mit Wasser und das kleine Herz hörte auf zu schlagen. Ja, das sind die beschissenen Geschichten, die das Leben schreibt. Doch ich frage mich, wer meine Geschichte geschrieben hat. Die Geschichte meiner kleinen Wendy. Wenn das das Leben war, dann verachte ich es.

Ich bin nun 79 Jahre alt. Meine Frau Maria starb vor einem halben Jahr. Sie schlief einfach ein und wachte am nächsten Morgen nicht mehr auf. Vielleicht war das der Trostpreis, den ihr das Leben bereitgestellt hatte. Eine kleine Entschuldigung für das, was sie durchmachen musste. Ein ruhiger, schmerzloser Tod. Doch ich bin noch immer da. Die Knochen sind müde, die Augen schlecht und auch sonst habe ich alles, was einen alten Mann ausmacht. In der Nacht stehe ich mindestens dreimal auf, um auf die Toilette zu gehen, und ab vier Uhr ist die Nacht vorbei. Ich kann nicht mehr schlafen. Doch ich will schlafen. Das ist die einzige Zeit, in der ich nicht von der Vergangenheit verfolgt werde. Ich träume auch nicht mehr. Seit 1965, als ich dem Teufel in die Augen geblickt hatte, habe ich nicht mehr geträumt. Und deshalb sehne ich mich nach Schlaf. Ruhigem, erholsamen Schlaf. Doch je älter ich werde, desto mehr bleibt mir dieser verwehrt. Die Nächte werden kürzer und die Schatten der Vergangenheit länger. Ich bin nun 79 Jahre alt und denke gar nicht daran, an meinem 80. Geburtstag noch unter den Lebenden zu verweilen. Diese Geschichte hier wird mein letzter Akt sein. Das Finale. Das Ende. Aufgeschrieben auf einer alten Schreibmaschine, die schon meine Mutter benutzte. Doch ich kann nicht aus dem Leben gehen, ohne diese Zeilen hier für die Nachwelt zu hinterlassen. Und ich bin es meiner kleinen Wendy schuldig, dass ihr Name auch nach meinem Ableben weiter getragen wird und nicht in

Vergessenheit gerät. Das ist das Mindeste, was ich als ihr Papa noch tun kann.

Die Wochenenden waren unsere Zeit. Meine Frau Maria arbeitete im städtischen Supermarkt „Castle's Store" und somit waren die Samstage meist Papa-Tochter-Tage. Wir backten Kuchen, gingen ins Schwimmbad oder setzten uns mit einer Packung „Walkers Cheese and Onion Crisps" vor den Fernseher. Ein altes Röhrengerät – nicht diese superflachen Bildschirme, die es heutzutage gibt. Während meine Freunde ihren Rausch ausschliefen, nachdem sie Freitagabend bis in die Morgenstunden an der Bar des lokalen Pubs „Scotch Inn" ihren hart erarbeiteten Lohn in Bier umsetzten, krabbelte ich mit einem Holzschwert bewaffnet hinter meiner Tochter her. Manchmal spielten wir Ritter und Prinzessin und bekämpften böse feuerspeiende Drachen. Manchmal malten wir. Und manchmal spielten wir einfach nur Kaffeekränzchen mit imaginären Tischgästen. Über 40 Jahre ist das nun her und ich erinnere mich noch daran, als wäre es gestern gewesen. Ihre leuchtenden Augen und ihre blühende Phantasie, die das Kinderzimmer in eine Bilderbuchwelt verwandelte.

Als Wendy ein Jahr alt wurde, entschlossen wir uns dazu, einen Hund aufzunehmen. Ich war der Meinung, es würde ihr gut tun, mit einem Tier aufzuwachsen. Er könne sie vielleicht beschützen, dachte ich. Vor was genau, das wusste ich selbst nicht. Aber es fühlte sich gut an. Also wurde Bob - ein deutscher Schäferhund - unser neues Familienmitglied. Er war fünf Jahre alt und lebte seit geraumer Zeit im Tierheim, da sein Besitzer verstorben war.

In der Nacht schlief er draußen im Zwinger, den ich extra für ihn gebaut hatte. Somit hatten wir nicht nur ein weiteres treues Familienmitglied, sondern auch einen gewissenhaften Wachhund. Er passte gut auf unsere Wendy auf und ging immer sehr behutsam mit ihr um. Die beiden wurden Freunde.

Das Haus, in dem wir wohnten, war um 1850 erbaut worden und so gab es auch noch die folgenden Jahre immer etwas zu tun. Ein kleiner Bach streifte unser Grundstück und schenkte uns ein beruhigendes Rauschen, wenn man im Garten saß. Früher saßen wir oft dort. Freunde kamen zum regelmäßigen Barbecue. Wir hatten eine gute Zeit. Aber nachdem die Ereignisse sich überschlugen, kam keiner mehr. Die Leute mieden uns. Freunde meldeten sich nicht mehr. Erst kamen fadenscheinige Ausreden. Irgendwann antworteten sie gar nicht mehr. Die Gespräche beim Einkaufen schrumpften auf ein minimales Kopfnicken zusammen. Doch auch diese kurze Geste verschwand irgendwann, sodass wir bald wie Luft waren. Maria und ich waren auf uns alleine gestellt. Wir lebten unser eigenes Leben in unserer eigenen Blase. Oft hörte ich sie, wie sie sich in den Schlaf weinte und nachts von schlimmen Albträumen geplagt wurde. Ihre Haare begannen überraschend bald zu ergrauen und tiefe dunkle Augenringe wurden ihr stetiger Begleiter und ebenso der Alkohol. Sie ertrank ihre Ängste und ihre Sorgen, bevor diese sie vollends zerbrachen. Und ich konnte es ihr nicht verdenken. Keine Mutter der Welt würde das verkraften, wodurch sie gehen musste, ohne Federn zu lassen. Aber Maria war eine starke Frau. Das beeindruckte mich schon zu Beginn unserer Beziehung an ihr. Und sie zerbrach nicht. Dem Alkohol kehrte sie vor gut 20 Jahren den Rücken. Nur das Rauchen konnte sie nicht aufgeben.

Aber irgendein Laster muss doch jeder haben. Maria wurde 80 Jahre alt und wie ich Ihnen bereits erzählt habe, hat sie die Ziellinie vor kurzem überquert.

Ruhe in Frieden meine Liebe! Wir sehen uns schon sehr bald wieder.

Stone Castle lag nur etwa 70 Meilen von den steinigen Klippen der Nordsee und dem Fischerort Fort Raven entfernt. Wenn es die Zeit erlaubte, machten wir Ausflüge ans Meer. Ich liebe noch heute die raue, salzige Meeresluft. Den Wind, der einem ins Gesicht schlägt, und die gewaltige See, die bis zum Horizont reicht. Fort Raven hatte eine kleine Bucht mit einem Steinstrand. Dort lief ich oft mit Wendy entlang und sie suchte den Boden nach interessanten Dingen ab, die das Meer herangespült hatte. Wir fanden Muscheln, verendete Krebse, Federn und glatt gewaschene bunte Steine. Überall lagen die schwarzgrünen, nassglitschigen Wasserpflanzen herum, vor denen sich Wendy immer ekelte. Über uns kreischten die Möwen, und die Wellen schlugen auf die Felsen und gaben eine weiße, schäumende Gischt preis. Das waren die ganz besonderen Momente, in denen ich das Gefühl hatte, nichts auf der Welt könne uns etwas anhaben. Niemand würde uns entzweien und wir würden auf ewig so glücklich sein.

Fort Raven wurde unser Rückzugsort, wenn der Alltag uns im Griff hatte. Ein Ausflug an die See und die Akkus waren aufgetankt. Wir waren wieder bereit, die kleinen Herausforderungen des Lebens zu meistern.

Unser letzter Besuch war Silvester 1964. Wendy war nun in einem Alter, in dem sie durchaus etwas länger aufbleiben konnte, und so zog es uns ans Meer. Wir übernachteten zum wiederholten Male in der rustikal eingerichteten Ferienwohnung, die uns schon die letzten Jahre als Unterkunft diente. Die Vermieter Johnny und Polly Ross, ein nettes älteres Pärchen, empfingen uns wie immer sehr herzlich und sorgten sich fast schon rührend um unser Wohl. Am letzten Tag des Jahres schlenderten wir den Strand entlang. Es war kalt und die Steine waren mit einigen Zentimetern Schnee bedeckt. Ich ging Arm in Arm mit Maria, während die Wellen rauschten und der Wind über das Wasser pfiff. Wendy, dick eingepackt in winterfeste Klamotten, rannte den schneebedeckten Strand entlang und Bob, unser Schäferhund und Wendys bester Freund, hinterher. Ich sah, wie meine Tochter vor uns Fußspuren hinterließ. Kleine Füße, die gerade die Welt entdeckten. Doch sie sollten nie mehr wieder diesen Boden hier berühren. Diese kleinen Füße, die eigentlich noch unzählige weitere Spuren hinterlassen sollten, waren im Begriff, ihren letzten Gang am Meer zu gehen. Um 00:00 Uhr standen wir mit einer schlafenden Wendy auf dem Arm am Meer, während hinter uns ein paar Silvesterraketen die dunkle Nacht erhellten. Das neue Jahr war da, und Schmerz, Verzweiflung und Traurigkeit machten sich bereit, unsere Familie heimzusuchen.

Stone Castle war von dem 170 km² großen Glen Forest umschlossen. Lediglich die Main Road führte in unser Städtchen hinein und wieder hinaus. Der Wald war - wie alle schottischen Wälder - zauberhaft. Wir sammelten Wildblumen und Pilze, gingen über moosbedeckten Boden und beobachteten zahlreiche Insekten. Man kann im Glen Forest sogar bis heute Fischadler beobachten. Ein großartiges Fleckchen Erde. Wenn ich in unserem Schlafzimmer aus dem Fenster blickte, sah ich die 300 Jahre alten, mächtigen Kiefern, die das Tor zum Wald bildeten. An diesem Fenster saß ich sehr oft und manchmal hatte ich das Gefühl, dass sie mich auslachten. Sie wussten, was passiert war, denn sie waren dabei. Sie waren ein Teil des Ganzen. Sie schützten dieses Geheimnis und sie amüsierten sich. In diesem Wald gingen wir oft spazieren. Ich erinnere mich noch, als ich ihr die Geschichte von der Fee erzählte, die im Wald lebte. Wir fanden sogar in einem Wurzelwerk den Eingang ihrer Höhle. Und manchmal, wenn Wendy Glück hatte, legte die Fee Münzen auf die Steine in der Hoffnung, ein Kind würde sie finden. Es war ein unbeschreibliches Gefühl zu sehen, wie meine Kleine die Geschichte aufsaugte und sich über jeden Pence freute, den ich kurz vorher heimlich auf einem Stein versteckte. Ich liebte es, die Geschichte um diese Fee auszubauen und sie in meiner und ihrer Phantasie zum Leben zu erwecken. Der Wald war wirklich wunderschön. Moosbedeckter Boden, Pilze, die aus dem Boden schossen, und saftiges Grün, wohin das Auge reichte. Die Vögel zwitscherten das Lied der Freiheit, und jedes

Mal, wenn ich dort spazieren ging, nahm ich einen tiefen Atemzug von der Waldluft, die meine Lungenflügel durchströmte, genau wie das Wasser damals bei dem armen Brady-Jungen. Im Winter fuhren wir Schlitten und erforschten die Fußspuren im Schnee, im Sommer schnitzten wir uns Schwerter aus Ästen oder machten Picknick auf der Wiese. Das Leben konnte nicht schöner sein. Bis zu jenem Abend am 23. Dezember 1965.

Kapitel Zwei

Vorzeichen

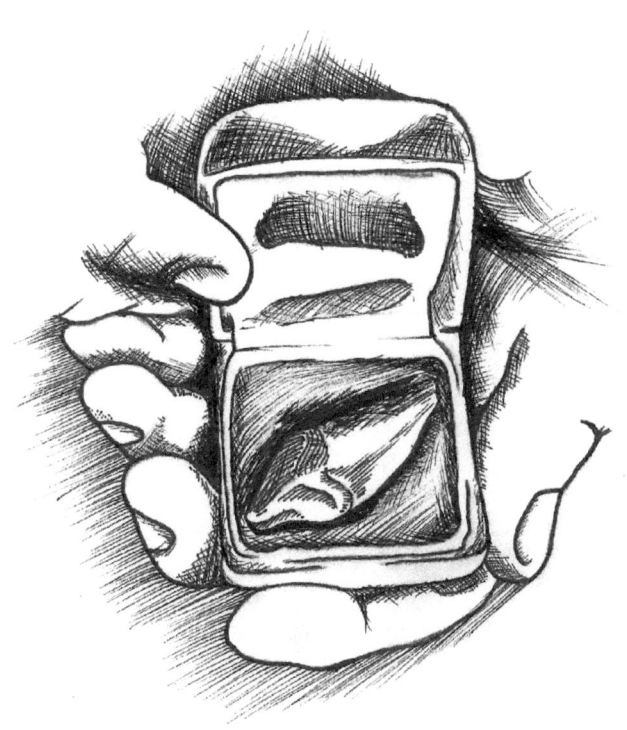

Sie müssen wissen, dass ich niemals abergläubisch war. Und auch nicht wirklich gläubig. Doch Tradition war für mich ein wichtiger Aspekt. Und so war es mir ein Anliegen, dass Wendy getauft wurde. Manchmal beteten wir vor dem Essen, da Wendy dies aus dem Kindergarten kannte. Es war zuckersüß, wenn Wendy Marias und meine Hand nahm, die Augen schloss und ihr Gebet aufsagte. Es waren kurze Momente, aber ich höre jetzt noch ihre Stimme tief in meinem Kopf. Und manchmal, wenn die Erinnerungen unerträglich wurden, der Schmerz mich auch nach Jahren aufzufressen drohte, dann rief ich mir aus dem Unterbewusstsein die Stimme meiner Tochter hervor, wie sie ihr Gebet spricht. Das war meine Überlebensstrategie. Jeder Mensch entwickelt nach einem traumatischen Erlebnis eine eigene. Und Maria hat sich – neben dem Trinken zu Beginn unseres Leidens – bestimmt auch eine solche geschaffen. Doch dies war eines der wenigen Dinge, worüber wir nicht redeten. Denn ich hatte Angst, dass es dann seine Wirkung verlor. Wie wenn man die Kerzen auf dem Geburtstagskuchen ausbläst, sich etwas wünscht, es aber nicht sagen darf, da es sonst nicht in Erfüllung geht. Wenn ich so darüber nachdenke, war ich damals wohl doch etwas abergläubisch. Beziehungsweise wurde ich es. Doch woran ich nicht glaubte, waren Geister und Dämonen. Mich plagten eher rationale Ängste wie der Verlust des Arbeitsplatzes oder Krankheit. Ich war mit Anfang zwanzig schon reif genug, um zu wissen, dass es schlimmere Dinge gab als Geschichten über den Teufel. Wenn du krank wirst, kannst du nicht arbeiten. Ohne Arbeit verlierst du dein Haus. Damit nimmst du deiner Familie ihren sicheren Hafen. Armut macht krank. Deine Familie wird krank. Das waren meine Ängste.

Doch wie Sie mittlerweile sicher wissen, habe ich mich geirrt. Es gibt Geister und Dämonen. Hexen und Ghouls. All das Zeug, das in Büchern zum Leben erweckt wird. Es muss sie geben, denn ich bin nicht verrückt. Ich weiß, was ich gesehen habe, so unglaublich es auch klingen mag.

Nachdem der Sommer 1965 sich verabschiedet hatte, öffnete der Herbst seine Pforten. Die erste Kälteperiode schlich sich heran und ließ die heißen vergangenen Tage wie alte Bilder verblassen.

Vor wenigen Wochen noch planschte ich mit Wendy im Schwimmbad und verbrannte mir bei der Gartenarbeit den Rücken. Im Garten von „Molly's Tea Room" klirrten die Gläser und heiteres Gelächter schallte hinauf bis in die saftig grünen Baumkronen.

Nun war es still. Die letzten Tage waren regnerisch und düster. Ich musste die Heizungen im Haus wieder aufdrehen und in den Nachbarhäusern wurden die Kaminöfen mit Holz gefüttert. Abends erhellten Lichter die finsteren Silhouetten der Häuser, denn die Dunkelheit brach schon früh herein. Die Bäume verloren ihr rostrot totes Blätterwerk und der erste Morgenfrost bedeckte das Grün des Bodens.

Und obwohl es den Anschein machte, dass sich das Licht auf lange Zeit verabschiedet hat, kam an diesem Oktobertag die Sonne heraus und brachte ein kleines Fünkchen Erinnerung an den Sommer zurück. An den Eisdielen bildeten sich lange Schlangen und auf den Straßen sah man Kinder mit dem Fahrrad fahren. Körper und Geist sehnten sich nach den Sonnenstrahlen und so trieb es jeden, dem es irgendwie möglich war, nach draußen. Die Wärme wurde aufgesogen, denn ob bewusst oder unbewusst war jedem klar, dass die klirrende Kälte schon mit den Hufen scharrte und nur darauf wartete, über das Land herzufallen. An diesem schönen Oktobertag passierte etwas, das ich rückblickend als den Anfang des Endes bezeichnen würde. Natürlich war mir das zu diesem Zeitpunkt nicht bewusst. Wie bei jeder Tragödie versucht man im Nachhinein zu überlegen, wie man diese hätte verhindern können. Wo hätte man einen anderen Weg einschlagen sollen, um dem Schicksal eine Harke zu schlagen? An welchem Punkt eine andere Entscheidung treffen? Hätte es etwas gebracht, die Karte einfach liegen zu lassen? Sie nicht anzufassen und darauf zu warten, bis der Regen sie wegspült? Ich weiß es nicht und natürlich rede ich mir immer wieder ein, dass es wohl nichts gebracht hätte. Denn die Karte lag nicht ohne Grund vor unserem Haus. Aber vielleicht hätte ich das Ende dieser Geschichte verändern können, indem ich sie zuerst entdeckte.

Es war später Nachmittag. Die Sonne ging langsam unter und färbte den Himmel dunkelrot. Der Wald streckte sich wie ein Schatten am Horizont und der kühle Herbstwind ließ die welken Blätter tanzen. Ich war gerade im Haus, als Maria und Wendy zur Tür hereinkamen. Meine Tochter war bei ihrer Freundin Sarah, die sie aus dem Kindergarten kannte, und Maria holte sie nach Arbeitsschluss ab. So hatte ich Zeit, den Garten winterfest zu machen und aus den Äpfeln unseres Apfelbaumes einen Kuchen zu backen. Nach einer herzlichen Begrüßung legte Maria ihre Arbeitstasche zur Seite, hievte den Einkaufskorb auf die Küchenzeile und begann, ihn auszuräumen. Sie müssen wissen, es ist nicht immer von Vorteil, wenn man in einem Supermarkt arbeitet, denn die Verlockung, jeden Tag etwas zu kaufen, ist groß. Doch Maria bekam Lebensmittel günstiger, was die Sache wahrscheinlich wieder wettmachte. Ich wollte gerade den Apfelkuchen in den Ofen schieben, als Wendy mir eine Karte vor die Nase hielt. Ich bin kein großer Spieler gewesen, aber wusste, dass es sich um eine klassische Kreuzkarte aus einem französischen Blatt handelte. Diese hier schien ihre besten Jahre hinter sich gehabt zu haben. Sie war gelblich und hatte am Rand angesengte Stellen, als ob jemand versucht hatte, sie anzuzünden. Zudem schien sie schon sehr oft geknickt worden zu sein, denn sie war von Falten durchzogen. Die Zahl konnte man nicht mehr erkennen, so abgenutzt war sie. Wendy erzählte mir, dass diese Karte vor unserem Gartentor gelegen hat. Sie fragte mich, ob sie sie behalten dürfe, aber Maria wehrte sich vehement dagegen. Ich sollte vielleicht erwähnen, dass Maria im Gegensatz zu mir sehr abergläubisch war und sie erzählte mir von der Bedeutung einer Kreuzkarte. Sie wiese auf nichts Erfreuliches hin und werde oftmals als Vorbote von Trennung, Krankheit und Unglück gedeutet. Ich muss Ihnen nicht erzählen, dass mich Marias Sorgen zu diesem Zeitpunkt nicht wirklich beängstigt haben. Im Gegenteil, ich habe sie belächelt. Aber - und das kann ich zu meiner Verteidigung sagen - auf eine liebevolle Art und Weise. Wir führten eine sehr gute Ehe mit Höhen und Tiefen. Wir waren immer ein Team. Sie kennen aber vielleicht den Spruch „Was sich liebt, das neckt sich". Und so war sie in diesem Moment meinem Spott ausgesetzt.

Gott, wenn ich doch nur ansatzweise zugehört und mich darauf eingelassen hätte. Vielleicht wäre der Kelch an uns vorüber gegangen. Maria hätte gewusst, was zu tun ist. Wenn ich jetzt daran zurück denke, dann wird mir klar, dass Maria wirkliche Angst verspürte. Keine Nervosität und keine überspitzte Sorge. Nein, sie hat damals schon etwas gespürt, aber wir waren einen kurzen Moment in unserem Leben kein Team. Sie fragen sich nun sicher, was mit der Karte geschehen ist. Nun, wir haben nicht versucht, sie zu verbrennen, zu zerschneiden oder mit irgendwelchen Zaubersprüchen zu bereinigen. Nein, Maria verlor den kleinen Machtkampf gegen Wendy (vor allem aufgrund meiner fehlenden Unterstützung), womit die Karte in Wendys Hosentasche wanderte. Ich flüsterte Maria zu, dass sie die Karte morgen schon vergessen haben wird und wir sie dann wegschmeißen würden. Doch letztendlich waren wir es, die die Karte vergaßen. Diese verdammte Karte!

Der Oktober ging und der November kam. Die Tage wurden immer kälter und der Morgenfrost benetzte den Boden. Wenn man morgens aus dem Haus ging, konnte man bereits seinen eigenen Atem sehen. In den Läden standen die ersten Lebkuchen (nicht wie heute bereits im September) und die Kinderherzen wurden so langsam an das Weihnachtsfest gewöhnt. Ich ging meiner Arbeit als Polsterer nach. Das Geschäft lief gut. Ebenso kein Vergleich mehr mit heute. Wir schreiben das Jahr 2017 und die Polsterbetriebe gehen alle nach und nach den Bach hinunter. Die Menschen legen keinen Wert mehr auf Qualität, sondern bestellen lieber im Internet. Auch wenn sie mir jetzt vielleicht mit Unverständnis begegnen, aber ich sehne mich nach den Zeiten ohne Handy, Internet und dergleichen. Ich bin zu alt dafür und habe es verpasst, mich damit zu befassen. Diese Zeit ist nichts mehr für mich. Ich verstehe sie nicht. Und ich will sie auch nicht verstehen.

Das Geschäft lief gut und gerade zum Ende der Jahreszeit wuchs die Auftragslage. Wahrscheinlich sollte kurz vor Weihnachten noch die alte Couch einer neuen kuscheligen, zur Jahreszeit passenden Garnitur weichen. Ich musste Überstunden machen, weshalb ich an diesen Tagen nicht vor 18 Uhr zuhause war. Maria konnte glücklicherweise so arbeiten, dass sie Wendy meist vom Kindergarten abholen konnte, und wenn das mal nicht ging, dann ging Wendy mit Sarahs Mum mit. Wir waren nicht die besten

Freunde, aber die Kinder brachten uns zusammen und so waren wir einander wie nette Kollegen, die sich gegenseitig einen Gefallen taten.

Als Wendy ihren vierten Geburtstag feierte, waren einige ihrer Kindergartenfreundinnen mit ihren Müttern zu Besuch. Es gab Kaffee und Tee, Kuchen und Schokolade. Die Kinder spielten im Garten und unser Schäferhund hüpfte zwischen ihnen umher. Ich erinnere mich noch, dass ich darüber nachdachte, wie sinnlos es war, das Laub zusammenzukehren, denn Bob und die Kinder verstreuten die Laubhaufen wieder im Garten. Am Abend gab es Pommes mit Hähnchen und als der Tag vorbei war, ging eine Handvoll glücklicher Kinder nach Hause. Niemand konnte an diesem Tag auch nur erahnen, dass wir gerade zum letzten Mal Wendys Geburtstag gefeiert hatten. Ihre Augen leuchteten, während sie sich durch ihre Geschenke wühlte. Das Geschenkpapier lag überall verstreut im Wohnzimmer und Maria fing an, das Chaos zu beseitigen. Ich saß einfach nur da und beobachtete mein Mädchen.

Während ich hier sitze, die alten Erinnerungen aufleben lasse und diese in die Tasten meiner Schreibmaschine haue, spüre ich wieder diesen entsetzlichen Schmerz in mir aufkommen. Er kündigt sich tief in der Magengegend an und erbricht sich wie ein Vulkan. Ehrlich gesagt weiß ich gerade nicht, ob ich es wirklich schaffe, diese Geschichte zu Ende zu erzählen. Es schmerzt. Es tut weh. Ich vermisse sie so sehr. Doch ich bin es ihr schuldig. Und ich werde es versuchen.

Am nächsten Morgen entdeckte ich beim Müllrausbringen ein klitzekleines Geschenk in der Mülltonne. Maria musste es versehentlich mit weggeschmissen haben. Ehrlich gesagt frage ich mich nicht mehr, ob es Zufall war, dass ich es entdeckte. Es war keiner. Es hat da gewartet. Und mittlerweile glaube ich auch nicht, dass es weggeschmissen wurde. Es gab am Geburtstagsabend kein verpacktes Geschenk mehr. Da bin ich mir sicher. Dieses hier wartete im Müll darauf, gefunden zu werden. Ich zeigte Wendy nach dem Frühstück die kleine Überraschung. Sie packte eifrig das Papier aus und hielt ein kleines Döschen in der Hand. Es schien alt zu sein. Ich erinnere mich, dass meine Urgroßmutter ähnliche Dosen hatte, um ihren Schmuck darin aufzubewahren. Wendy versuchte, sie zu öffnen, doch der Deckel schien angerostet zu sein. Ich holte ein Messer aus der Küche und bog den Deckel auf. Auf dunkelgrünem Samt lag ein kleiner schwarzer Stein. Wendy griff gleich nach der Dose, um ihr Geschenk näher zu betrachten. Ich realisierte zuerst, was es in Wirklichkeit war. Doch bevor ich es Wendy aus der Hand nehmen konnte, wusste sie es ebenfalls. Sie schrie und warf vor Ekel den schwarzen Zahn in die Ecke. Kein Stein. Nein, ein Zahn. Ich hatte genug Zeit, um zu erkennen, dass er echt war. Er sah aus wie ein gewöhnlicher Menschenzahn, doch er war pechschwarz. An der Wurzel waren Flecken zu sehen, die mich sofort an Blut denken ließen. Als der erste Schock überwunden war, suchten wir alle drei den Boden ab. Doch wir fanden ihn nicht mehr. Er war wie verschollen. Und dann fiel Maria etwas ein, das inzwischen einige Wochen zurücklag – das Verschwinden der Kreuzkarte. Das war auch der Moment, an dem ich mir nicht mehr sicher war, was das alles zu bedeuten hatte. Natürlich glaubte ich nach wie vor nicht an böse Geister, aber in mir wuchs der Glaube, dass sich jemand mit uns einen schlechten Witz erlaubte. Vielleicht Jugendliche aus der Nachbarschaft, denen Klingel- und Telefonstreiche zu langweilig wurden. Natürlich war auch die Karte weg. Wendy konnte sich nicht mehr erinnern, wo sie sie hingelegt hatte. Maria und ich suchten fast den ganzen Tag das Haus ab. Doch Zahn und Karte blieben verschwunden. In uns wuchs langsam und unterschwellig Unbehagen heran wie Krebszellen in einem Organ. Und es blieb bestehen, wenngleich wir nicht darüber sprachen. Wie ein dunkler Schatten thronte es in den kommenden Wochen über uns.

Der Dezember kam und mit ihm der erste Schnee. Unter der Woche schuftete ich hart, am Wochenende verbrachten wir jede Minute als Familie zusammen. Am Abend des 22. Dezembers, einen Tag, bevor mein normales Leben mit einem Schlag aus der Bahn geworfen wurde, saß ich mit Wendy an unserer Scheune im Garten. Wir hatten jede Menge Holz gestapelt und uns dort einen schönen Sitzplatz gebaut. Ich brachte eine Decke mit, auf die wir uns setzten, und Maria kochte uns einen Kinderpunsch. Dazu gab es Plätzchen vom Vortag, die Maria mit Wendy zusammen gebacken hatte, während ich bei Neonlicht Polstermöbel baute. Maria war an diesem Abend im Haus und bereitete das Abendessen zu. Mein Chef hatte mich an diesem Tag pünktlich nach Hause geschickt und so konnte ich zu Einbruch der Dunkelheit mit meiner Tochter im Schnee sitzen, Plätzchen naschen und Punsch trinken. Die kleine Gartenlampe an der Holzfassade der Scheune gab ein schummriges Licht von sich und der Mond schien hell am glasklaren Himmel. Nicht eine Wolke war zu sehen. Wir saßen einfach nur da und schauten in den Garten. Der Fluss rauschte und der heiße Punsch dampfte in unseren Tassen. Die Luft war bissig kalt und meine Nasenspitze begann taub zu werden. Eingekuschelt saßen wir beide da und berieten uns, was wir an diesem Wochenende alles machen wollten. Auf Wendys Plan standen viele Dinge: Einen Schneemann bauen, eine Nachtwanderung mit ihrer neuen Taschenlampe, Schlitten fahren, Prinzessin spielen und zusammen mit mir eine Wunschliste an den Weihnachtsmann schreiben. Sie hatte gehört, dass Sarah aus dem Kindergarten das auch machen würde. Die meiste Zeit redete Wendy. Sie war ein sehr aufgewecktes, gesprächiges Kind und ich genoss es, ihr einfach zuzuhören. Und so saß ich da und hörte mir die Pläne meiner Tochter an, die sie nie mehr in die Tat umsetzen würde. Ich sah in ihre strahlenden vom Scheunenlicht erhellten Augen und verspürte bedingungslose Liebe. Egal, wie hart der Tag auf der Arbeit war, das waren die Momente, die alles entschädigten. Als Maria uns hereinrief, weil das Essen fertig war, schaute mich Wendy an und für einen Augenblick war sie nicht das vierjährige Mädchen. Ein Schatten huschte über ihre Augen, die plötzlich eine Traurigkeit ausstrahlten, die mir für den Bruchteil einer Sekunde in Mark und Bein schoss. Sie wich und mich schauten wieder die kastanienbraunen Augen meiner kleinen Prinzessin an. „Du mein allerbester Papa", sagte sie zu mir. Ich werde diese Worte nie vergessen. „Du meine allerbeste Wendy", erwiderte ich. Wir umarmten uns, ich gab ihr einen Kuss auf die kalten rosigen Bäckchen und wir gingen ins Haus, wo Maria schon mit dem Essen auf uns wartete.

Ein allerletztes Mal putze ich mit ihr die Zähne.

Ein allerletztes Mal ziehe ich ihr ihre Nachtwindel an. Ein allerletztes Mal lese ich ihr eine Geschichte vor. Ich decke sie zu, gebe ihr einen Kuss auf die Stirn und verlasse ihr Zimmer.

Wendy schlief die letzte Nacht in ihrem Bett. Ab morgen würde das Kissen kalt bleiben. Für immer.

Kapitel Drei

GOLDKIND

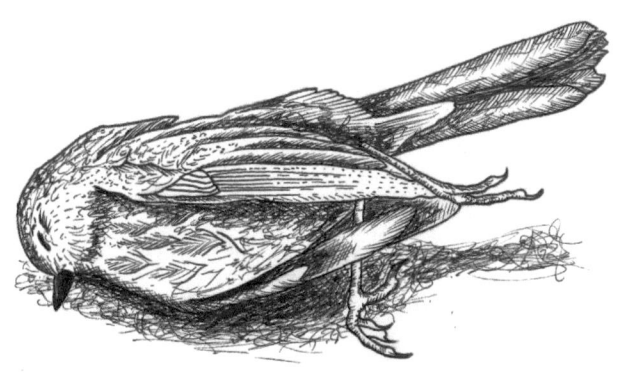

Der Morgen des 23. Dezember stand ganz im Zeichen des Winters. Dicke Schneeflocken fielen vom Himmel und bedeckten den Boden, die Sträucher und die Bäume mit einer weißen pulvrigen Schicht. Während die Kinder von Stone Castle mit dem Bus zur Schule gebracht wurden, lief im Radio „It's the most wonderful time of the year". Auch Wendy fuhr mit dem Bus, der nur 20 Meter von unserem Haus entfernt hielt. Es war der letzte Tag vor den Ferien und jeder war in Weihnachtsstimmung. Unser Nachbar Steven Grey fuhr die komplette Beleuchtung auf. Das Haus war von oben bis unten geschmückt und ein lebensgroßer, aufblasbarer Weihnachtsmann stand vor seinem Fenster im Vorgarten. Maria hatte die kleine Holzkrippe, die sie von ihrem Vater geerbt hatte, aufgestellt. Wendy liebte die kleinen Figuren um das Jesuskind herum.

Es war mein letzter Tag vor dem Betriebsurlaub. Und ich sollte nie mehr einen Fuß in diese Firma setzen. Es war mein finaler Tag als Polsterer, ohne dass ich es wusste. Die Menschen hetzten umher, wie immer, kurz vor dem Weihnachtsfest. Geschenke wurden gekauft, Essen vorbereitet, die letzten Vorbereitungen getroffen. Der Tag verging. Ich kam von der Arbeit und erledigte noch einige Dinge für das bevorstehende Fest.

Um 18 Uhr saßen wir gemeinsam zu Tisch. Maria kochte ihre leckere Linsensuppe mit Speck. Wendy nahm unsere Hände, schloss die Augen und betete.

Ich kann sie hören. Ihre weiche Stimme. Ich bin mir allerdings sicher, dass ihre Worte Gott nicht erreichten an diesem Abend. Sonst hätte er vielleicht seine schützende Hand über meine kleine Tochter gelegt. Wie ich aktuell zu Gott stehe, nachdem ich die Existenz des Bösen nicht mehr leugnen kann? Nun ja, ich glaube an etwas, das es da draußen gibt. Etwas Gutes. Doch war es an diesem Abend im Dezember 1965 nicht da. Nicht existent. Aber ohne Dunkelheit kein Licht. Ohne schwarz kein weiß. Ohne Böse kein Gut. Ja, lieber Leser, ich glaube! Aber nicht an Gott, denn der hat mich verlassen. Ich war erst wieder in der Kirche, als Maria starb. Es war ein befremdliches Gefühl und mir war unwohl. Vielleicht habe ich etwas von dem Schatten abbekommen, den ich an jenem Abend begegnen sollte. Als wenn man sich an eine frisch gestrichene Wand lehnt. Ich konnte nicht bis zum Ende der Messe bleiben, was mir aber niemand der wenigen anwesenden Gäste übel nahm. Sie dachten natürlich, ich könne es nicht ertragen, dass Maria – meine Frau – aufgebahrt vor mir liegt. Aber ehrlich gesagt war es das nicht. Sie hat endlich ihren Frieden gefunden. Es war die Umgebung. Ich hielt es in diesem Gotteshaus nicht aus.

Als wir fertig gegessen hatten, war es bereits 17:50 Uhr. Wendy war sehr aufgeregt, da Weihnachten kurz bevorstand und so durfte sie länger wach bleiben. Ich fragte sie, was von ihrer gestrigen Wunschliste sie gerne tun würde. Ob es anders gelaufen wäre, wenn ich sie gleich ins Bett geschickt hätte? Nein, sicher nicht. Aber vielleicht hätte ich einen Tag mehr mit ihr gewonnen. Wendy entschied sich für den Abendspaziergang mit der Taschenlampe. Meine Tochter wollte gerne laufen und da sie nach der frischen Luft sicher gut schlafen würde, stimmte ich dem zu.

Außerdem musste Bob auch noch nach draußen, weshalb wir beides gleich verbinden konnten. Ich zog ihr ihren grünen Parka mit Fellkragen an.

Eine Häkelmütze mit Bommel und einen dicken Schal, dazu rosafarbene Wollhandschuhe. Sie verabschiedete sich von Maria, die wie so oft den Haushalt schmiss. Es war nicht der Abschied, den ich mir im Nachhinein für Maria gewünscht hätte. Zwischen Tür und Angel schallte ein kurzes „Bye bye" aus der Küche. Dann klirrten wieder die Teller. Aber können Sie es ihr verdenken? Wenn wir glauben, noch jede Menge Zeit zu haben, dann gehen wir nachlässig mit unseren Beziehungen um. Wir denken, wir können Unausgesprochenes später sagen und Ungetanes später tun. Wie naiv wir doch alle sind! Dabei wissen wir eigentlich, dass es jederzeit vorbei sein kann. Dass jeder über seinem Kopf eine Sanduhr hat. Und die kleinen weißen Sandkörnchen rieseln unaufhaltsam zu Boden. Fühlen Sie sich ertappt, lieber Leser? Denken sie an meine Worte und behandeln sie jede Verabschiedung, als wäre es die Letzte. Eine feste Umarmung, ein Blick in die Augen, ein kräftiger Handschlag. Ein leidenschaftlicher Kuss. Nicht dieser nebensächliche Alltagskuss, der wie ein Schulterklopfen daher kommt. Sie glauben nicht, wie sehr dieser Umstand meine Frau Maria die nächsten über 50

Jahre gequält hat. Wie oft sie sich schuldig fühlte, auch wenn eine andere Verabschiedung nichts am Ausgang dieses Abends geändert hätte.

Wir verlieren uns in Nichtigkeiten. Es wäre nicht schwer gewesen, den Teller beiseite zu legen, in die Knie zu gehen und ihre kleine Tochter zu umarmen. Ihr zu sagen, dass sie sie über alles lieb hat. Dass sie ihr eine tolle Nachtwanderung wünscht. Aber der Alltag hat uns alle im Griff. Und so verpasste meine Frau am 23. Dezember 1965 die letzte Möglichkeit, ihre Tochter noch einmal in den Arm zu nehmen.

Wir gingen mit Bob an der Leine nach draußen. Die Straße war mit frischem Schnee bedeckt und weitere Flocken fielen vom Himmel. In dem Licht der Straßenlaterne konnte man sie gut erkennen. Wir liefen in Richtung Wald, denn Wendy wollte schauen, ob die Fee wieder eine Münze für sie hinterlegt hatte. Sie freute sich schon darauf, den Waldboden mit der Taschenlampe abzusuchen. Nach ungefähr fünf Minuten waren wir am Ende der Straße angelangt. Nun führte ein kleiner Schotterweg direkt in den Wald hinein. Der Mond leuchtete hell und eröffnete vor uns ein Schattenkabinett aus Bäumen und Sträuchern. Bob nahm wie immer eine Fährte auf. Vielleicht die eines Kaninchens oder eines Eichhörnchens. Mit strammer Leine ging er voraus, Wendy und ich hinterher. Wir liefen in den Wald hinein, in dem wir schon unzählige Male vorher waren. Auf Höhe eines entwurzelten Baumes blieben wir stehen. Ich nahm einen Stein und warf ihn in die andere Richtung. Abgelenkt von dem Geräusch drehte sich Wendy um, sodass ich Zeit hatte, eine zehn Pence Münze auf dem Stein vor dem Eingang der Fee abzulegen. Ich erzählte ihr, dass die Fee bestimmt weggerannt sei, als sie uns hörte. Es war dunkel und trotzdem wusste ich, dass ihre Augen strahlten. Wie immer, wenn wir zusammen im Wald waren und ich mir Geschichten ausdachte. Sie leuchtete den Boden ab und mit einem kleinen Aufschrei der Begeisterung fand sie die Münze. Wir liefen ein Stück weiter und warteten, bis Bob sein Geschäft erledigt hatte. Es war nun schon sehr dunkel, denn eine Wolke hat sich über den Mond gelegt, und so war ich froh, dass wir Wendys Taschenlampe dabei hatten. Nicht, dass wir wirklich eine brauchten. Wir befanden uns auf einem vertrauten Waldweg nur 15 Minuten Fußweg von unserem Haus entfernt, aber auf irgendeine Art und Weise gab mir die Lampe Sicherheit. Nicht jeder von Ihnen kann das vielleicht nachvollziehen. Wir sind nicht abergläubisch. Haben keine Angst vor übernatürlichen Phänomenen. Und Geister, Hexen, Feen gibt es nicht. Bis wir bei Nacht im Wald sind. Dann strahlt er eine ruhige, aber bedrohliche Stimmung aus. Ja, es war unheimlich. Und die Anspannung wuchs. Ich merkte, wie in mir - aus weiter Entfernung - eine Panikattacke anrollte. Meine Hände fingen an zu schwitzen und ich hatte das Gefühl, als drücke mir jemand die Kehle zu. Es gab keinen Grund dazu. Alles war wie immer. Der Geruch, die Schatten der Bäume, ab und an das Knacken eines Astes. Und doch war es so anders. Ich war so mit mir selbst beschäftigt, dass ich gar nicht merkte, wie wild Bob an der Leine in Richtung Ausgang zog. Seine Rute war eingeknickt und seine Ohren angelegt. Ich versuchte, ihn zu beruhigen, doch er zog mit einer Kraft, die ich bei ihm noch nie erlebt hatte. Wendy fing an nervös zu werden und wollte auf meinen Arm. Doch ich hatte mit dem Hund zu kämpfen, der sich nun wie verrückt im Kreis drehte und dabei die Leine immer weiter um seinen Hals wickelte. Er winselte und hörte sich dabei an wie ein weinendes Baby. Ich war völlig überfordert mit der Situation. Ein durchdrehender Hund und ein verängstigtes Mädchen. Das war zu viel für mich. Ich ließ Wendys Hand los – verdammt, ich ließ sie wirklich los – und packte mir Bob, um die Leine wieder zu entwirren, bevor er sich selbst strangulierte. Als ich ihn zu fassen bekam und nah genug dran war, sah ich weißen Schaum vor seinem Gesicht. Die Augen waren so weit nach oben gedreht, dass nur noch das Weiße der Augäpfel mit roten Äderchen zu sehen war. Er schnappte nach mir. Ich ließ die Leine los. Wendy leuchtete von hinten auf das Geschehen, sodass ich sehen konnte, wie Bob plötzlich anfing, in sein Bein zu beißen. Er schlug seine Zähne hinein und ich hörte es knacken, als er sich selbst den Knochen brach. Dann fing er an, sich den Bauch aufzubeißen. Er verrenkte sich derart, dass er mit seiner Schnauze an den weichen, gefleckten Bauch kam. Und dann biss er zu. Das alles passierte in Sekunden. Es ging so schnell, dass ich nicht wusste, was zu tun war. Starr vor Schreck musste ich mit ansehen, wie sich unser geliebter Bob selbst die Gedärme herausriss, bis er wild zuckend mit schäumender, von Blut getränkter Schnauze verendete, während die noch warmen Innereien aus dem Bauchraum hingen und in dieser trügerisch ansteigenden Kälte vor sich her dampften. Doch bevor er seinen letzten Atemzug machte, hob er den Kopf und blickte in meine Richtung. Er verabschiedete sich von mir, und dieser eine letzte vorwurfsvolle Blick trieb mir die Tränen in die Augen. Dann starb unser vierbeiniger und treuer Freund Bob.

Es kehrte Stille ein. Und Kälte. Ein Temperatursturz von mindestens 20 Grad war zu spüren. Mein Gesicht schmerzte, aber die Kälte holte mich zeitgleich wieder zurück ins Hier und Jetzt. Ich drehte mich zu Wendy um. Doch sie stand nicht mehr da. Die Taschenlampe lag auf der Erde und leuchtete auf Bob. Dicke Dampfschwaden stiegen über dem Lichtkegel am Boden in die Luft. Ich schrie nach Wendy. Doch sie war verschwunden. Die Luft blieb mir weg, mir wurde schwindelig und ich musste mich übergeben. Jetzt war sie da, die blanke Panik! Die Kälte wurde unerträglich. Auf Bob bildeten sich schon Eiskristalle und ich spürte mein Gesicht nicht mehr. Ich rief nach meiner Tochter, doch ich brachte keinen vollständigen Satz mehr heraus. Nasskalter Schweiß erbrach sich über meinem Körper und die Tränen schossen mir in die Augen. Mein Blick verschwamm und mein Magen krampfte, als stecke er in einer Schraubzwinge. Meine Lippen waren taub. Im Sekundentakt wurde die Eisschicht auf Bob dicker und das anfängliche Taubheitsgefühl im Gesicht wurde von bissigem Schmerz abgelöst. Ich war im Begriff zu erfrieren.

Mein Zeitgefühl war verloren. Ich weiß nicht mehr, wie lange ich bewegungsunfähig zusammengekauert am Boden kniete und damit kämpfte, nicht in Ohnmacht zu fallen. Neben mir hörte ich einen dumpfen Schlag und sah einen toten Vogel dort liegen. Dann folgte der nächste Schlag. Und dann wieder und wieder. Sie schienen einfach so vom Himmel zu fallen. Ich hob den Kopf und sah den Weg entlang. Er war gepflastert von toten Vögeln. Zumindest glaubte ich, dass es so war, denn das Mondlicht erlaubte mir nur ein paar Meter Sicht. Mit aller Kraft nahm ich Wendys Taschenlampe und stand auf. Ich hörte das Rauschen der Blätter und sah, wie sich die Baumkronen bewegten. Der Wind wehte durch das Geäst und mit einem Mal hörte ich es. Nur ein Wort. Es glich einem Flüstern, das von Baum zu Baum getragen wurde.

„Noita"

Und wieder dieses Raunen in den meterhohen Kiefern.

„Noita"

Ein Sturm zog auf. Der Wind wurde immer stärker. Er kam aus dem Inneren des Waldes und peitschte mir ins Gesicht.

Ich hatte das Gefühl, als riss die Kälte meine Haut auf. Ich schrie, doch meine Schreie gingen unter in dem Getöse. Ich war inmitten eines zügellosen Sturmes. Die Bäume bogen sich so stark, dass ich Angst hatte, sie würden über mir zerbersten. Eispfeile schossen mir ins Gesicht und drangen bis in mein Hirn. Um mich herum krachten abgebrochene Äste auf den Boden und trotz des ohrenbetäubenden Lärmes des Sturms hörte ich sie aufschlagen.

Und mittlerweile schrie es aus den Baumwipfeln zu mir herab:

„NOITA"

Ich hielt meine nun völlig gefühllosen Hände vor mein Gesicht und als ich versuchte durch meine Finger hindurch zu blicken, konnte ich sehen, wie sämtliches Getier aus seinen Löchern kroch. Käfer, Mäuse und Ratten rannten über meine Füße hinweg, nur um kurz darauf sterbend liegen zu bleiben. Ich sah einen Fuchs panisch auf mich zu rennen, doch seine Beine vereisten und brachen wie Streichhölzer. Der Körper flog mir vor die Füße, wo er zuckend liegen blieb. Leere Augen starrten durch mich hindurch. Dieses einst so schöne Geschöpf lag zerbrochen am Boden.

Plötzlich war alles still.

Der Wind hörte so schnell auf, wie er angefangen hatte. Und obwohl es meinem Gefühl nach immer noch minus 40 Grad Celsius hatte, war ich froh, dass es vorbei war. Der Sturm hielt inne und mit ihm verschwanden die Stimmen in den Tiefen des Glen Forest. Wieder schoss mir Wendy durch den Kopf und die Panik umfasste meinen Magen und drückte ihn zusammen. Doch bevor ich erneut nach ihr rufen konnte, sah ich es. Oder sie. Oder ihn. Das Böse. Das Schlechte der Welt in Gestalt einer Frau. Sie stand genau neben mir, etwa zwei Meter entfernt. Wie auf Kommando bewegte sich die Wolke am Himmel und ließ den Mond wieder in seiner vollen Pracht erscheinen. Und da konnte ich das Ausmaß des Übels sehen. Sie war nackt und dicke Fettschürzen hingen an ihrem Körper hinunter. Ihre Brüste hingen wie Schläuche nach unten. Dünne, graue Haarsträhnen bedeckten zum Teil den deformierten Schädel. Die Augenhöhlen waren leer. Tiefdunkle Hohlräume. Und doch blickte sie mir direkt in die Augen. Ich begann mich in den Tiefen dieser Höhlen zu verlieren. Mein Geist verschmolz mit der Dunkelheit und raste ins unendliche Nichts. Ich war losgelöst von meinem Körper. Oder war es nur die Kälte, die mich nichts mehr spüren ließ? Ich weiß es nicht. Doch ich flog durch die Schwärze und um mich herum griff die Leere nach mir und versuchte mich zu verschlingen.

Doch plötzlich tauchte ich wieder auf. Mein Geist schoss in meinen Körper zurück und ich sah, wie sie sich zu mir nach vorne beugte. Sie rückte mit ihrem Gesicht nah an mich heran.

Ihr zahnloser Mund und ihre blassblauen Lippen hauchten mir in mein Ohr:

„Noita"

Meine Nackenhaare stellten sich auf und ein Schauer lief mir den kompletten Rücken hinab.

„Diese Stimme…", hämmerte es in meinem Kopf. Diese Stimme ist älter als die Welt. Älter als das Universum. Älter als Gott! Sie beherrscht das Nichts und die Leere.

Diese Stimme ist die Dunkelheit!

Ich war ihr nun so nahe, dass ich dunkle Flecken auf der Haut erkennen konnte. Der Hals, das Gesicht, der Bauch, die Beine, ja sogar die Kopfhaut waren übersät. Doch es waren keine Flecken. Nein, es waren Zähne. Schwarze, verfaulte Zähne sprossen aus ihr heraus wie Unkraut. Dieser Anblick war entsetzlich, beängstigend und traumatisierend zugleich.

Ihre Brüste, aus denen ebenfalls vereinzelte Zähne klafften, hingen senkrecht zu Boden und mit ekelerregendem Entsetzen musste ich zusehen, wie eine dunkle Flüssigkeit aus den Brustwarzen tropfte. Schwarze Milch, schoss es mir durch den

Kopf. Ich musste unweigerlich an einen Kuheuter denken, nur dass hier ganz von alleine diese schwarze Flüssigkeit herauslief. Sie grinste mich an und dicke Speichelfäden zogen sich von einer Lippe zur anderen. Plötzlich krümmte sie sich und würgte. Das Geräusch, das sie dabei machte, brannte sich tief in mein Gehirn ein. Es klang wie ein Schwein auf der Schlachtbank, bei dem der Bolzen falsch angesetzt wurde und das gefangen in einer Spirale aus Todeskampf und Schmerzen quiekte. Dieses Geräusch ist mitunter ein Grund, warum ich am Abend nicht einschlafen kann. Sobald mein Körper ruht, das vertraute Kribbeln einsetzt, das bei jedem Menschen den Schlaf ankündigt, öffnet sich in meinem Kopf eine Schublade und dieses Geräusch, dieses Würgen, dieses Quieken springt heraus und schießt wie der todbringende Bolzen durch mein Hirn. Es lässt mich bis heute nicht los.

Die Speichelfäden mischten sich in die klumpige Masse, die sie auf den Boden spie. Dicke schwarzrote Fäden zwischen den eingerissenen Lippen und dem Boden. Sie beugte sich hinunter, streckte ihren Arm aus und wühlte mit ihrer Handfläche in der Masse herum. Sie blieb vornüber gebeugt und hob nur ihren Kopf und ihre Hand. Es sah bizarr aus, wie diese alte, deformierte, nackte Hexe vor mir kauerte und mich mit den dunklen Augenhöhlen anstarrte. In ihrer Handfläche, gebettet auf knöchernen Fingern lag die Karte, die sie aus dem schwarzen Erbrochenen hervorgeholt hatte. Es war die Gleiche, die vor unserer Tür lag. Angesengt, zerknittert, gelblich abgenutzt. Nur dass sie jetzt mit dunklem Erbrochenem überzogen war. Daneben lag der schwarze Zahn. Ich fühlte nur noch Angst. Eine Angst, die ich noch nie in meinem Leben gespürt hatte. So lähmend und so dominant, dass sie jede Faser meines Körpers umschloss. Schluchzend rief ich meine Tochter, doch ich bekam keine Antwort. Mein Blick starrte wie gebannt auf die Hand, die sich für einen Moment schloss. Als die Kreatur sie wieder öffnete, lag darin eine gravierte goldene Münze.

„Papa" hörte ich es neben mir sagen. Diese Stimme, die all das Grauen für einen Hauch eines Augenblickes vergessen ließ. Wendy stand rechts von mir und drückte sich an mich heran. Ich dankte Gott dafür und hielt sie so fest wie noch nie in meinem Leben. Ich blickte mich um, denn ich wollte jeden Moment einfach los rennen. Weg von dieser Kreatur vor mir. Kennen Sie die Träume, in denen man rennen möchte, es aber nicht kann? Dann wissen Sie, wie ich mich fühlte. Ich nahm Wendy auf den Arm und lief. Zumindest wollte ich das, aber meine Füße waren wie Blei. Es ging nicht. Ich bewegte mich in zentimetergroßen Abständen weiter. Ich blickte zum Ausgang des Waldes. Ich sah die entfernten Straßenlaternen, die unsere Straße beleuchteten. Irgendwo dort war gerade Maria und räumte auf. Vielleicht lag sie schon auf dem Sofa und las ein Buch. Oder sie ließ sich gerade ein Bad ein. Ich wollte schreien, doch es kam kein Ton heraus.

Die Hexe bewegte ihren Kopf in Richtung Wendy und wieder schoss ein Schwall schwarzer Milch aus ihren hängenden Brüsten. Dicke Speichelfäden tropften ihr aus den Mundwinkeln. Sie neigte ihren Kopf leicht zur Seite und ihre schwarzen Augenhöhlen fixierten mein Kind. Wendy weinte und klammerte sich an mir fest.

Langsam ließ die Kreatur die Münze zwischen ihren dünnen Fingern wandern und ich erkannte, was darauf eingraviert war. Auf der einen Seite war das Abbild eines kleinen Mädchens, auf der anderen Seite das eines Mannes. Mir war sofort klar, dass es sich um Wendy und mich handelte. Ich wusste, was sie von mir wollte, ohne dass die Hexe ein Wort mit mir sprach. Es war so, als sei sie in meinem Kopf. In meinen Gedanken. Ich sollte die Münze werfen und das Glück, oder besser gesagt das Unglück, entscheiden lassen. Ich wollte das nicht. Kein Vater der Welt spielt um das Leben seines Kindes. Doch mein Arm bewegte sich, ohne dass ich es kontrollieren konnte. Meine Finger griffen nach der Münze. Ich wehrte mich dagegen, mit all meiner Kraft. Es war zwecklos. Ich konnte gegen diesen Zauber nicht bestehen. Meine Finger umschlossen das Gold und warfen.

Die Münze flog in die Luft und landete auf dem schneebedeckten Boden. Die Hexe zeigte mit dem Finger darauf, ohne sie näher zu betrachten. Zitternd beugte ich mich hinunter und blickte dem Schicksal in die Augen. Was ich in diesem Moment fühlte, ist schwer in Worte zu fassen. Ich spürte, wie Verzweiflung und Schmerz sich ihren Weg durch meine Nervenbahnen schlugen und das letzte Fünkchen Hoffnung fraßen. Das eingravierte Mädchen blickte mich unschuldig lächelnd an. Mein Schrei erstickte in einem Würgen. Wendy weinte und klammerte sich so fest an mich, dass ich blaue Flecken bekam. Niemals werde ich dir mein Kind geben, dachte ich. Ich muss hier weg. Wieder versuchte ich mit aller Kraft zu fliehen, doch stattdessen nahm ich Wendy auf den Arm und drehte mich zur Kreatur. Meine Arme streckten Wendy weg von mir. Wie ferngesteuert übergab ich mein eigenes Kind. Mein Geist schrie, schüttelte sich, rebellierte, schlug mich innerlich. Doch mein Körper reagierte nicht. Körper und Geist waren nicht mehr kompatibel. Wendy schaute mich mit ihren kastanienbraunen Augen verzweifelt an. Sie verstand nicht, warum ich sie in die Hände dieses Monsters gab. Sie schrie und weinte bitterlich und streckte ihre Arme nach mir aus. Tiefe Verzweiflung trieb sich in ihrem Blick. Das nackte Entsetzen. Doch es war vorbei. Ich konnte nichts dagegen tun und es zerriss mir das Herz. Ihre Tränen benetzten ihre runden Bäckchen, die gestern noch von der Kälte und dem Kinderpunsch ganz rot waren. Gestern, als wir auf dem Holzstapel saßen. Es fühlte sich an, als sei das Jahre her. Ich blickte meinem schreienden Kind in die nassen Augen, als es von den dünnen Händen und Fingern weggetragen wurde. Wieder versuchte ich mit aller Kraft loszurennen, aber ich blieb stehen. Ich musste mit ansehen, wie meine kleine Wendy mit dem Bösen im dunklen Wald verschwand.

Kapitel Vier

Wanderer

Ruhe. Daran erinnere ich mich. Das gemäch-liche Rauschen der Blätter und ein ange-nehm warmer Wind. Ich lag mit dem Gesicht am Boden. Benommen blickte ich auf und spuckte Erde aus. Meine Zähne knirschten von dem Dreck. Mein Kopf schmerzte wie bei einem Mig-räneanfall und das Licht blendete mich. Ich schien geschlafen zu haben. Die Sonne stand zwar tief, aber sie schien durch die Baumkronen hindurch auf den moosbedeckten Boden, der wie ein grüner Teppich den Waldboden bedeckte. Ich rappelte mich auf und sah mich um. Doch meine Wendy war weg. Gefühlte tausend Mal schrie ich ihren Namen in den Wald hinein. Schrie wie am Spieß! Doch es brachte sie nicht zurück.

Ich torkelte den Weg entlang nach draußen, bis meine Füße asphaltierten Boden berührten. Mei-ne Augen brannten und das Tageslicht blendete mich. Von weitem sah ich mein Haus. Ich sah Maria im Garten die Wäsche aufhängen. Zwi-schen weißen Bettlaken, die im leichten kühlen Wind wehten, sah ich sie. Doch war sie das wirk-lich? Je näher ich kam, desto unsicherer wurde ich. Das im Garten sah aus wie meine Maria, aber sie war dünn. Sehr dünn. Verstehen Sie mich nicht falsch, Maria war nie dick, aber sie hatte Kurven. Sie war wunderschön und ich liebte sie, so wie sie war. Aber diese Frau im Garten war nahezu knöchern und hatte auffällig viele graue Haare. Und doch sah sie aus wie meine Frau. Der Moment, als sich unsere Blicke trafen, lässt mir heute noch die Nackenhaare stehen. Da war etwas in ihrem Blick, ich konnte es zu diesem Zeitpunkt nicht deuten. Außerdem war ich völlig aufgewühlt von den Ereignissen der Nacht. In ihren Augen schimmerten Fassungslosigkeit, Ungläubigkeit und ein Stück Entsetzen. Dann rannte sie auf mich zu und schrie meinen Namen. Tränen schossen ihr ins Gesicht, während sie in meinen Armen zusammenbrach. Ehrlich gesagt, kann ich Ihnen heute nicht mehr genau sagen, wie ich mich gefühlt hatte. Ich glaube, dass ich emotional taub war. Dass mein Körper streikte, weil er noch mehr Gefühle nicht verkraften konnte. Ja, ich glaube taub trifft es doch am besten.

Was ich dann von ihr erfahren musste, sprengte alles, was mein Hirn bisher erfassen konnte. Meine Tochter war verschwunden, entführt von einer Hexe. Als ob das nicht schon genug wäre, um sich einen Strick zu nehmen, kam der nächste Brocken.

Lieber Leser, wenn Sie die letzten Seiten schon unglaubwürdig fanden, dann hören Sie bitte hier auf zu lesen. Wenn Sie mir bisher keinen Glauben schenken konnten, dann schließen Sie das Buch jetzt. Denn ich kann Ihnen versichern, dass es noch unbefriedigender für Sie wird.

Ich saß am Küchentisch. Die alte Kuckucksuhr, die Maria von ihrem Vater geerbt hatte, zeigte 19:20 Uhr.

Oft warteten wir drei zusammen, bis die volle Stunde schlug, um zu sehen, wie der kleine Vogel aus der Türe kam, sich im Kreis drehte und laut Kuckuck rief. Man konnte die Spannung in den Sekunden vorher förmlich riechen und wenn es dann soweit war, sprang Wendy von ihrem Stuhl auf, hüpfte in die Luft, lachte und klatschte in die Hände. Kleine Kinder sind so leicht zu begeistern. Die einfachsten Sachen bringen ihnen Freude. Manchmal frage ich mich, wann in meinem Leben der Zeitpunkt kam, an dem ich meine kindliche Sicht der Dinge verloren habe. Wir alle haben diesen Wendepunkt in unserem Leben vollzogen, ohne ihn bewusst wahrzunehmen. Und das, obwohl er so essentiell ist. Der große Schnitt zwischen kindlicher Phantasie und dem erwachsenen Rationalismus. Die Welt aus dem Blick von Kinderaugen zu sehen, das würde vieles auf diesem Planeten wieder gerade rücken. Doch kaum etwas ist schwerer. Aber was wir machen können, ist zusammen mit unseren Kindern durch deren Augen zu blicken. Und wenn es bedeutet, dass man still und ruhig darauf wartet, dass ein Kuckuck aus dem Häuschen springt.

Ich blickte aus dem Fenster und konnte die letzten Sonnenstrahlen erhaschen, während sich der Horizont ein weiteres Mal blutrot färbte. Die Bäume warfen bereits dunkle Schatten. Vom winterlichen Schnee keine Spur mehr. Im Hintergrund lief „Simon und Garfunkel" im Radio. Ich kannte den Song nicht, aber sie waren es eindeutig. Maria saß vor mir am Tischende. Das war seit jeher ihr Platz. Der Stuhl rechts von mir war leer. Hier hatte Wendy immer gesessen. Ich blickte auf den Wandkalender. Ein Werbegeschenk der Dorfapotheke von Stone Castle. Meine Hände zitterten und ich hatte Mühe, sie ruhig zu halten. Unter meinen Fingernägeln die verbrannte Erde aus diesem verfluchten Glen Forest. An meiner linken Hand eine kleine blutige Wunde, die Bob mir zugefügt hat, kurz bevor er sich suizidierte.

Das Blut war getrocknet. Aber es war da! Klebte an meiner Haut wie ein altes Foto aus längst vergangener Zeit. Maria saß vor mir und schluchzte in ihre Hände hinein. Wieder blickte ich auf den Wandkalender. Ich stierte ihn an, als ob ich ihn Kraft meiner Gedanken dazu bewegen könnte, das Datum zu ändern. Aber das tat er nicht. Er starrte zurück. Die Zahlen schwammen vor meinem Auge hin und her. Sie verblassten, kamen zurück, verwischten wieder. Aber sie waren da. Immer wieder murmelte ich das Datum vor mich hin. Immer und immer wieder.

-29.06.1972-

Ich war exakt sechs Jahre, sechs Monate und sechs Tage in diesem Wald verschollen.

Die nächsten Wochen waren ein Spießrutenlauf. Der Polizeichef Ian Newsted, ein knapp zwei Meter großer Hüne kurz vor dem Ruhestand, verhörte mich unzählige Male. In erster Linie ging es um das Verschwinden meiner Tochter.

Natürlich dachte jeder, dass ich etwas damit zu tun hätte. Und wenn man es genau nahm, stimmte das sogar. Ich gab schließlich meine kleine Prinzessin in die Hände dieses fürchterlichen Wesens. Ich blieb bei meiner Geschichte und wiederholte sie ein ums andere Mal. Unzählige Stunden saß ich auf dem Polizeirevier und musste mich durch diese ungläubigen Gesichter quälen, die mir mit ihren Blicken entgegen schrien: Du scheißverrückter Kerl, was hast du mit deiner Tochter gemacht und warum in drei Herrgottsnamen tischt du uns hier so eine gottverdammte Märchengeschichte auf?

Ein Gutachter kam, um festzustellen, ob ich paranoid sei. Ob ich vielleicht unter einer Psychose leide. Mein Stammbaum wurde akribisch unter die Lupe genommen, doch sie fanden nichts. Ich glaube, tief in ihrem Inneren wussten die Menschen um mich herum, dass ich die Wahrheit erzählte. Doch manchmal ist die Wahrheit nicht greifbar. Oder sie ist so entsetzlich, dass wir ihr uns unbewusst verschließen. Zum Schutz des eigenen Selbst.

Keiner konnte sich erklären, wie ich über sechs Jahre verschollen sein konnte, meine Kleidung aber nur leicht verschmutzt war. Ich hatte kein Gramm abgenommen, was man den Unterlagen meines letzten ärztlichen Checks entnehmen konnte. Ich war erst einige Wochen zuvor dort gewesen, um meinen Gesundheitszustand unter die Lupe nehmen zu lassen. Nachdem in meiner Familie das böse Cholesterin schon so manchen dahingerafft hatte, war ich vorsichtig. Schließlich wollte ich nicht, dass meine Tochter ohne Vater aufwachsen muss.

Die Blut- und Leberwerte waren nahezu identisch. Mein Gewicht war dasselbe. Ich war exakt der Mensch, der vor sechs Jahren verschollen war. Das rief natürlich Fragen auf. Letztendlich wurden die Ermittlungen gegen mich eingestellt. Man entschied sich für die plausibelste Version, mit der jeder klar kam. Dass ich mich mit Wendy im Wald verlaufen hätte, sie höchstwahrscheinlich aufgrund von Mangelernährung oder Kälte gestorben sei und ich in dieser Zeit verrückt geworden bin. Verdrängung eines traumatischen Erlebnisses war glaube ich der genaue Wortlaut.

Und so kam es, wie ich es bereits erzählt habe. Wir verloren all unsere sozialen Kontakte, denn ich weiß, dass meine Geschichte den Menschen Angst machte. Maria zweifelte mich niemals an. Sie stellte mich nie unter Verdacht. Sie war eine gute Frau. Sie zeigte mir die Grabstätte, die für Wendy und mich errichtet wurde, denn man hatte uns schon lange für Tod erklärt.

Ich konnte in all den Jahren dem Grab meiner Tochter nicht viel abgewinnen. Zum einen war es lediglich ein leeres Grab und ich war mir nicht sicher, ob sie vielleicht doch noch lebte. Ich kann nicht genau sagen, ob das nun unter den Umständen ihres Verschwindens tröstlich für mich ist, denn der Tod bedeutet auch Ruhe und Frieden. Zum anderen habe ich natürlich nie die Hoffnung aufgegeben, dass Wendy eines Tages an unsere Tür klopfen würde. Doch sie kam nicht. Das Haus, das einst von Kinderlachen belebt wurde und in dem auf allen zwei Etagen Spielsachen verstreut lagen, wurde still. Doch an jeder Ecke sah ich sie vor meinem geistigen Auge. Ihren Stuhl, auf dem seitdem niemand anderes mehr gesessen hatte. Den kleine Hocker in der Stube, auf dem sie manchmal eine Fernsehsendung hatte ansehen dürften. Die Schaukel, die bis zuletzt an unserem Apfelbaum gehangen hatte. Manchmal stand ich davor und schubste das leere, verwitterte Holzbrett an und stellte mir vor, Wendy würde darauf sitzen. Wenn ich die Augen schloss, konnte ich ihr Lachen hören.

„Höher Papa, bis zum Himmel."

Oft dachte ich darüber nach, mir selbst das Leben zu nehmen. Dieser Schmerz, den man tagtäglich fühlt und der nicht vergeht, ist die reinste Qual. Doch ich fühlte mich Maria gegenüber verantwortlich. Sie hatte mich schon einmal verloren und ich wollte ihr das nicht noch ein weiteres Mal antun. Also lebten wir weiter. Wir wurden älter.

1982 entschlossen wir uns, einen Schnitt zu wagen. Ich ertrug es auch Jahre später noch nicht, jeden Tag diese Bäume zu sehen. Wie sich mich anstarrten und mir immer wieder vor Augen hielten, dass ich versagt hatte. Es war eine schwere Entscheidung, da das auch bedeutete, dass wir die Erinnerungen an Wendy in diesem Haus aufgeben mussten. Doch wir taten es. Wir verkauften unser Haus in Stone Castle. Dies stellte sich als erstaunlich schwierig heraus. Wir hatten es über zehn Monate inseriert und nicht ein einziger Interessent meldete sich. Wir gingen mit dem Preis unter unsere Schmerzgrenze und noch immer tat sich nichts. Bis eines Tages ein Mann namens Alan Smith anrief. Er klang noch sehr jung und war überaus angetan. Wir sollten ihm versprechen, dass wir es für ihn reservieren. Schon am nächsten Tag kam er aus dem 120 Meilen entfernten St. Lockery angereist, zusammen mit seiner Frau. Ein junges Pärchen, Mitte zwanzig, das das Leben noch vor sich hatte. Sie strahlten vor Glück und Zuversicht, was nicht nur mit unserem wundervollen Haus zu tun hatte. Man konnte schon ganz deutlich erkennen, dass Betty Smith in anderen Umständen war und aus eigener Erfahrung heraus weiß ich, dass man in dieser Zeit auf Wolke sieben schwebt. Nichts kann einem etwas anhaben, die Welt ist gut und man strotzt nur so vor Glück und Zuversicht.

Erkennen Sie die Parallelen? Ich habe sie gesehen. Am Abend sprach ich Maria darauf an und wir entschieden uns, das Haus nicht an die Smiths zu verkaufen. Wir warteten weitere vier Monate, ohne dass sich etwas tat. Währenddessen hatten wir ein tolles Objekt in Fort Raven gefunden, nahe der Küste, an der wir immer mit Wendy waren. Ich wollte ihr nahe sein, aber in einer positiven Umgebung. Und Fort Raven war für mich genau dieser Ort. Der Preis stimmte und es war einzugsbereit. Wir mussten nur zusagen. Und wie es der Teufel will, rief an diesem Abend Alan Smith an. Er bettelte nahezu darum, dass wir es ihm doch verkaufen. Er erzählte mir, dass in ihrer derzeitigen Wohnung schwarzer Schimmel entdeckt wurde und dass sie unbedingt zeitnah ausziehen müssten. Natürlich könnten sie sich vorübergehend eine andere Bleibe suchen, aber seine Frau sei nun im sechsten Monat schwanger und er wolle endlich seinen finalen Heimathafen finden, anstatt hin und her zu pendeln. „Finaler Heimathafen", das waren seine Worte. Als ob wir das Leben durchplanen können. Auch ich habe damals oft gesagt, dass man mich aus diesem Haus nur mit den Füßen voraus hinaustragen würde. Die Worte eines jungen, naiven Mannes, der im Begriff war, die Welt zu erobern. Ich beriet mich ein weiteres Mal mit Maria und wir entschlossen uns, doch zu verkaufen. Und wissen Sie, lieber Leser, ich fühle mich noch immer schuldig. Natürlich tue ich das. Aber vielleicht ging auch alles gut. Vielleicht bekamen die Smiths ein kleines Mädchen, das mit sechs Jahren die „Stone Castle Elementary School" besuchte. Mit 18 Jahren machte sie ihren Führerschein und zog anschließend nach Edinburgh in eine kleine Wohnung. Dort studierte sie Medizin. Sie lernte einen netten Kommilitonen kennen und nach Beendigung ihres Studiums heirateten die beiden. Alan Smith bekam die Chance, seine Tochter zum Altar zu führen. So wie es sich gehört. Die Smiths wurden Großeltern von zwei bezaubernden Buben und leben noch heute glücklich und zufrieden in unserem Haus.

Bestimmt ist es so gelaufen. Ich weiß es nicht. Ich will es aber glauben.

Wir verkauften und zogen in das gemütliche Cottage in Fort Raven. Ich war seitdem nicht mehr in Stone Castle und ich habe mich nie darum bemüht, die örtliche Zeitung zu bestellen. Wir hatten keinen Kontakt mehr zu unseren damaligen Freunden und Bekannten und somit war dieser Teil unseres Lebens Geschichte. Ich bekam einen Job im Hafen. Es war harte Arbeit, aber gut bezahlt. Maria arbeitete in der örtlichen Bäckerei. Mit den Ersparnissen aus dem Erlös unseres Hauses – Alan Smith hatte aus Dankbarkeit noch eine Schippe drauf gelegt – konnten wir gut leben. Fast jeden Abend liefen wir den Steinstrand entlang. Manchmal nahmen wir uns eine Decke mit, setzen uns auf einen großen Stein, auf dem Jahre zuvor schon Wendy saß, und blickten in den Sonnenuntergang. Und so vergingen die Jahre. Die Haare wurden schütter, die Falten tiefer. Die Knochen begannen zu schmerzen und der Blick in den Spiegel verriet uns, dass die untere Hälfte unserer Sanduhr sich bereits reichlich gefüllt hat.

Kapitel Fünf

Letzter Akt

Im Juni dieses Jahres verlor ich zum zweiten Mal in meinem Leben meine große Liebe. Ich war wie gewohnt schon sehr bald wach und schlich mich aus dem Schlafzimmer, um Maria nicht zu wecken. Meine Knochen knackten und ächzten bei der morgendlichen Bewegung und mein Körper schrie nach einer Tasse starken, heißen, schwarzen Kaffee. Ohne diesen Koffeinschub kam ich erst gar nicht in die Gänge, und so war mein erstes Ziel unser sündhaft teurer Vollautomat. Dieser wunderbare Geruch von frisch gemahlenem Kaffee breitete sich aus. Ich schlüpfte in meine Altherrenpantoffeln, ging nach draußen auf die Veranda und setzte mich in meinen Schaukelstuhl. Hier saß ich oft, denn ich war in der glücklichen Situation, von dort aus einen wunderbaren Blick auf das Meer genießen zu dürfen. Bei Sonnenaufgang mit einer Tasse Kaffee in der Hand. Bei Sonnenuntergang ein Glas Single Malt Whisky. Maria scherzte manchmal, dass ich wie einer dieser Westernhelden aus dem Fernseher sei und nur noch eine Schrotflinte und ein Cowboyhut fehlten.

So saß ich in meinem Schaukelstuhl und spürte, wie mein Körper, meine Zellen langsam erwachten. Mein Blick wanderte nach links und ich sah die Sonne aufgehen. Ein weiterer Tag auf dieser Welt. Ein weiterer Tag ohne meine Wendy. Und es wurde der Erste ohne meine Maria. Das Wasser färbte sich blutrot und der Horizont erstrahlte in einem rotorangen, lebensbejahenden Licht. Eine leichte Brise trug die salzige Meeresluft zu mir, die mit dem Geruch meines Kaffees verschmolz. Die perfekte Symbiose. Das perfekte Paar. Wie zwei Liebende, die für einander bestimmt sind.

An diesem Morgen bekam ich Besuch. Eine Möwe setzte sich zu mir auf das Geländer meiner Veranda. Entgegen ihren Artgenossen hatte sie ein völlig sauberes Gefieder. Selbst an ihren Krallen war kein Körnchen Sand. Sie saß da und schaute mich an. Die weißen Federn leuchteten regelrecht in der aufgehenden Sonne, ebenso der goldgelbe Schnabel. Ein kurzes Blinzeln und sie flog davon. Meine Augen verfolgten sie, bis sie von der nun schon über dem Horizont, aber immernoch tiefstehenden Sonne verschlungen wurde.

Ich ging wieder zurück ins Haus und begab mich ins Bad. Stufe zwei eines jeden Morgens war eine heiße Dusche, die mich dann vollends wach machte. Es war alles nicht mehr so einfach wie früher. Mittlerweile benötige ich einen Sitzhocker beim Duschen, denn meine Beine halten mein Gewicht nicht mehr für längere Zeit. Doch meine alten, müden Knochen bedankten sich jeden Morgen, wenn das heiße Wasser den Körper hinunterlief. Eine Wohltat!

Anschließend fing ich an, das Frühstück vorzubereiten. Es gab Bohnen, zwei Streifen Speck – nicht mehr, wir achteten nach wie vor auf unsere Gesundheit – und eine Scheibe Toast ohne Butter. Normalerweise kam Maria die Treppe herunter geschlendert, denn der Geruch von angebratenem Speck war quasi ihr Weckruf. Ich wartete jeden Moment darauf, ihr verschlafenes, vom Leben gezeichnetes aber immer noch bildhübsches Gesicht am Treppenaufgang zu sehen. Doch sie kam nicht. Ich wusste, dass etwas nicht richtig war. Wenn man so lange zusammenlebt, dann kennt man seinen Partner in- und auswendig. Maria hatte noch nie verschlafen. Erst recht nicht, wenn die vom Speck geschwängerte Luft nach oben kroch. Ich entschied mich nachzusehen und als ich den weißen Handlauf der Treppe berührte, merkte ich, wie sehr meine Hand zitterte. Die Schmerzen, die meinen alten Körper plagten waren verschwunden. „Bitte nicht", dachte ich beim hinaufgehen. „Bitte nicht heute!" Ich öffnete die Schlafzimmertür und da sah ich sie friedlich in ihrem Bett liegen. Das war's. Ihre Geschichte war zu Ende geschrieben. Das letzte Körnchen Sand war gefallen. Ich kniete mich zu ihr und nahm das Krachen in meinen Beinen kaum wahr. Was haben wir zusammen durchgemacht? Das Leben meinte es nicht gut mit uns. Und doch sind wir beide diesen beschwerlichen Weg zusammen gegangen. Wir haben nicht aufgegeben und uns gegenseitig den Rücken gestärkt. Doch nun musste ich meinen restlichen Gang alleine gehen. Tränen liefen über mein Gesicht und benetzten die bleichen Wangen meiner Maria.

Ich gab ihr einen Kuss auf die erkalteten Lippen und verabschiedete mich. Ein letzter Kuss. Irgendwann kommt er immer. Doch wenn er plötzlich da ist, kommt er einem doch viel zu früh vor.

Das ist nun ein halbes Jahr her.

Wir schreiben den 23. Dezember 2017.

Ich bin alleine.

Die Stille im Haus frisst mich auf. Die Schatten der Vergangenheit sind präsenter als zuvor. Ich habe das Letzte verloren, für das es sich noch zu leben lohnt. Und als ob mir das Leben nicht schon genug Kummer bereitet hat, wurde vor zwei Tagen bei einer Routineuntersuchung ein Hirntumor festgestellt. Bösartig, von der Größe eines Baseballs. Aber ich werde nicht derartig zu Grunde gehen. Ich werde dieses eine Mal meinem Schicksal zuvorkommen. Ich werde nicht in meinen eigenen Exkrementen liegend und vor Schmerzen schreiend über die Ziellinie gehen. Nein, der Teufel, die Hexe, das Böse oder was auch immer ich damals in diesem Wald begegnet bin, was auch immer mir meine Tochter geraubt hat, wird nicht die Genugtuung bekommen, zu sehen, wie ich auf diese Weise verende. Denn ich bin mir sicher, der Tumor ist ein letztes Geschenk. Eine kleine Erinnerung einer längst vergangenen Zeit.

Es ist gerade zehn Minuten nach vier Uhr Nachmittag. In einer halben Stunde wird es dunkel sein. Ich sitze an den Steilklippen von Fort Raven. Ich kann von hier aus mein Haus sehen. Die Veranda, auf der ich jeden Tag saß und auf die weite, raue See hinausgeblickt habe. Ich werde nicht mehr dorthin zurückkehren. Heute Morgen, als es noch dunkel war, bin ich aufgebrochen. Meinen alten Ford, der mir die letzten Jahre treue Dienste erwiesen hat, habe ich ein paar Meter hinter mir geparkt. Ich sitze hier, an einem alten Campingtisch auf einem Klappstuhl und schreibe die Geschichte meines Lebens. Vor mir liegt ein altes Foto meiner kleinen Wendy und meiner Frau Maria. Ein Bild aus glücklichen Tagen. Ich werde Ihnen jetzt erzählen, wie die Geschichte enden wird, denn es festzuhalten, werde ich nicht mehr im Stande sein. Vor mir liegt eine Flasche Single Malt Whiskey. Der gute Laphroaig.

Ich werde mir ein letztes Glas genehmigen und auf die Liebe trinken.

Ich werde mein Manuskript gut sichtbar in mein Auto legen und zum Rand der Klippen gehen.

Ich werde die Augen schließen. Ich werde springen. Und bevor ich in die Fluten stürze und mein Körper an dem Gestein zerschellt, werde ich bei meinen Lieben sein. Das weiß ich mit einer Gewissheit, die keinen Zweifel zulässt. Ein letztes Mal lache ich dem Schicksal ins Gesicht, bevor ich der Vergangenheit angehöre.

Lieber Leser, bevor ich meinem Leben ein Ende setze, möchte ich mich bedanken. Wenn Sie es bis hier her geschafft haben, dann bin ich mir sicher, dass ein kleiner Teil in Ihnen meiner Geschichte Glauben schenkt. Ich wünsche es mir, für meine kleine Wendy. Ich habe zu Beginn gesagt, dass ich hoffe, Sie werden etwas von meinem Schmerz spüren. Ich hoffe das immer noch, denn nur so können Sie den wahren Wert der Liebe und des Lebens schätzen lernen. Genießen Sie jede Minute mit Ihren Lieben, denn es kann jederzeit die Letzte sein.

Und sehen sie sich vor, wenn Sie das nächste Mal bei Nacht in einem Wald unterwegs sind. Ich weiß nicht, wo sie ist. Ich bin mir aber sicher, dass sie uns alle überleben wird und meine kleine Wendy nicht das letzte Kind war, das sie sich geholt hat.

Liebe Wendy, liebe Maria,

gleich bin ich bei euch.

Stephen Parker, 23.12.2017

Epilog

Es war ein sonniger Tag im Mai 2016. Stephen und Maria machten gerade Urlaub in Südengland. Sie saßen beide in einem kleinen gemütlichen Hafencafé namens „Aunty Amy" und aßen Scornes mit Clotted Cream. Draußen sah man die kleinen Schiffkutter zurückkehren. Netze mit Krabben und Krebsen wurden entladen und ein strenger, aber durchaus angenehmer Fischgeruch versprühte ein Gefühl von Freiheit. Die Möwen kreisten über die Fischerboote wie Geier über Aas. Stephen Parker saß an einem großen Panoramafenster und genoss das bunte Treiben auf der anderen Seite der Verglasung. Maria war gerade zur Toilette gegangen. Da sah er auf einer Holzbank ein Mädchen sitzen. Seine Hand, die gerade die Tasse zum Mund führen wollte, erstarrte und begann zu zittern. Der schwarze Tee drohte am Rand überzulaufen.

Für einen Moment verlor er sich im Universum dieser kastanienbraunen Augen. Erinnerungen schossen wie Blitze durch sein Gehirn. Sein Herz begann zu rasen und sein Puls stieg ins Bedrohliche.

„Du mein allerbester Papa", hörte er eine Stimme in seinem Kopf sagen.

Doch bevor sein Schaltzentrum diese Explosion verarbeiten konnte, war das Mädchen verschwunden. Stephen starrte auf eine leere Holzbank. Diese Begegnung hinterließ eine kleine Kerbe in seinem Gehirn, aber sein Bewusstsein hatte sie bereits in die Tiefen des Vergessens geschleudert, wo sie für immer verloren war.

Als Maria zurückkam, sah sie lediglich kleine Schweißperlen auf seiner Stirn. Er starrte durch sie hindurch, als sei er in Gedanken. Sie wollte gerade etwas sagen, da huschte ein Schatten über seine Augen. Kaum wahrnehmbar, aber er war da. Dann blickte er sie lächelnd an, nahm einen Schluck von seinem Tee und balancierte die letzten Krümel von seinem Teller in den Mund.

Die Leichtigkeit des Fallens, wenn der Geist mit der Gewissheit des nahenden Endes allen Ballast abwirft.

Der Körper zerbricht in tausend Teile.

Die Seele erhebt sich aus der Asche des Lebens und steigt in gleißendes Licht.

Doch was, wenn der Sinn des Seins, der Hoffnung letzter Gang nicht dem entspricht, was er versprochen hat?

Der Hütchenspieler, der die Perle längst hat verschwinden lassen, uns jedoch deren Greifbarkeit vorgaukelt.

Voller Falschheit - wie die Liebe einer Hure - erlischt das letzte Licht und hinterlässt nichts als die bittere Erkenntnis der Leere.

Das Leben ist ein mieser Verräter. Das musste Stephen Parker feststellen, denn am anderen Ende des Weges wartete keine Wendy auf ihn.

Sie wandern zwischen den Gezeiten innerhalb tausender Dimensionen. Ein alte Frau und ein kleines Kind. Ein Schritt nach vorne und sie legen Welten zurück. Doch ist es nicht das eine Kind. Es sind viele. Hunderte. Tausende. Legion der Name des Kindes. Legion der Name der Kinder. Sie alle sind auf einer Reise. Sie bringen Verderben und Tod. Krankheit und Leid. Sie sind der schwarze Zahn im weißen Lächeln der Glückseligkeit.

Die Mutter säugt das Kind mit Dunkelheit, damit auch dieses die Dunkelheit in die Welten trägt. So war es und so wird es immer sein. Der Tod hat viele Gesichter. Die meisten davon sind unschuldig und von herzerwärmender Schönheit. Wo Liebe gepflanzt wurde, ist Schmerz nicht weit. Je stärker die Liebe, desto größer der Schmerz.

Schmerz, der Lebenssaft der Mutter.

Sie wandern zwischen den Gezeiten.

Die Mutter und ihre Kinder.

Nachwort

Lieber Leser,

ich möchte mich bei Ihnen bedanken, dass sie mein Erstlingswerk gekauft haben. Ich hoffe es hat Ihnen gefallen, auch wenn das Ende durchaus etwas deprimierend ist. Ich hätte mir selbst einen positiveren Ausgang gewünscht, aber das Leben ist nun einmal ein mieser Verräter.

An dieser Stelle möchte ich mich auch bei meiner lieben Jessi bedanken, die sich für die Korrektur viel Zeit genommen hat. Danke auch an Ricky und Andi, die mit ihren Zeichnungen eine hervorragende Arbeit geleistet haben. Zudem bedanke ich mich bei meinen Testlesern, die mich mittels konstruktiver Kritik unterstützt haben.

In unserer schnelllebigen Zeit sind es vor allem die Bücher, die uns entschleunigen. Sie spenden Ruhe und entführen uns zugleich in fremde, aufregende, lustige aber auch traurige Welten. Ich hoffe, ich konnte Sie mit „Noita" ebenfalls auf eine Reise entführen und würde mich freuen, wenn Sie mich das nächste Mal wieder begleiten.

Patrick Zarske

21.01.2018

>> Über den Autor

Patrick Zarske wurde 1984 in Kronach geboren und lebt im Landkreis Coburg. Er ist Sozialpädagoge und Musiker. Unter anderem spielt er in der international erfolgreichen Band VARG.

NOITA ist sein Buchdebüt.
Aktuell arbeitet er an dem Kinderbuch
„Wo das Meer die Erde küsst", welches ebenfalls 2018 veröffentlicht wird.

Informationen zu Buch- und Musikprojekten finden Sie unter:

https://www.facebook.com/PatrickZarske

Kontakt:

Patrick.Zarske@web.de